AF461919

HISTOIRE
D'UNE ENFANT

PAR A. DE SALIES

TOURS
ALFRED MAME ET FILS
ÉDITEURS

BIBLIOTHÈQUE DE LA JEUNESSE CHRÉTIENNE

SÉRIE PETIT IN-12

ADELINE, par M.-A. de T***.
AMIES DE PENSION (les), par M. Louis de Tesson.
AUBERGE DU CHEVAL-BLANC (l'), ou l'Enfant volé, par J. Girard.
BEAUX TRAITS DE L'ADOLESCENCE, ou Choix d'exemples.
BÉNÉDICTION PATERNELLE (la), par M. Louis de Tesson.
BERGER D'ARTHONAY (le).
BIJOUX VOLÉS (les), etc., traduit de Francesco Soave.
BOUQUETIÈRE ET L'OISELEUR (la), par Mme Elisa Frank.
CE QUE PEUT UN ENFANT CHRÉTIEN.
CÉLESTINE, ou la Jalousie d'une sœur, par Mme M.-A. de T.
CONTES D'ORIENT ET D'OCCIDENT, par Jean Grange.
CONTES ET MORALITÉS.
DEUX ZOUAVES (les).
DICK MORTON, etc., par Frank.
EUGÉNIE, ou la petite Etourdie.
FAMILLE HOBBY (la), histoire villageoise, par Mme A. Cécyl.
FÊTE DE SAINTE-AMÉLIE (la), suivi de : le Gâteau des rois, etc., par Frédéric Kœnig.
FILLE DU KABYLE (la), suivi de : le Pays des Anges, par Marie Guerrier de Haupt.
FOIRE AUX PAINS D'ÉPICES (la).
GUILLAUME TELL, trad. de l'italien, d'après Francesco Soave.
HEUREUSE FAMILLE (l').
HISTOIRE D'UNE ENFANT, par A. de Salies.
JAMES ET BETZY, suivi de : la Pêche à marée basse, par Mme Elisa Frank.
LION DE BEURRE DE CANOVA (le).
LOUIS COSTAL, ou l'Epicier de la rue Vanneau, par F. Kœnig.
LOUIS ET PAUL, par Veyrenc.
MARGUERITE, ou la Jeune Aveugle, par Stéphanie Ory.
MARTHE LA GLANEUSE.
MÉLANIE ET JEANNE.
MÉMOIRES D'UNE PETITE FILLE devenue grande, par Mme Eugénie Foa.
NIÈCE DE L'EMIGRÉ (la).
ORPHELIN DU CHOLÉRA (l').
PAUVRE DE SAINT-MARTIN (le), par Mme Jenny Lefébure.
PETIT AVARE (le), par M. Louis de Tesson.
PREMIER ARGENT (le), par M. Louis de Tesson.
PROMENADE AU BOIS DE VINCENNES (une), par F. Kœnig.
PROMENADE AU LUXEMBOURG (une), par M.-A. de T***.
RÉCITS FAMILIERS, par Mme C. Des Prez de la Ville Tual.
ROI DE LA FÈVE (le), suivi de : les Fils du Gaulois, par A. de Saillet.
ROSE DE NOEL (la), par M. de T.
SAINT-NICOLAS (la).
SOIRÉES D'UN VIEIL INSTITUTEUR (les).
SOUVENIRS D'UNE GLANEUSE, par Mlle Marie O'Kennedy.
TRANSTÉVÉRINE (la).
UN ASTROLOGUE DE RENCONTRE, suivi de : un Drame chez les Souris, la Princesse Violette, etc., par Mme Elisabeth Doré.
UN TABLEAU DE LA SAINTE VIERGE, par Just Girard.
YAKOUB LE MENDIANT, suivi de : Si j'étais roi, le Miroir.
ZOÉ, ou la Méchanceté punie.

BIBLIOTHÈQUE

DE LA

JEUNESSE CHRÉTIENNE

APPROUVÉE

PAR Mgr L'ARCHEVÊQUE DE TOURS

SÉRIE PETIT IN-12

HISTOIRE

D'UNE ENFANT

PAR A. DE SALIES

TOURS

ALFRED MAME ET FILS, ÉDITEURS

1877

A MES TROIS PETITS AMIS

PHILIPPE, RENÉ ET ALBERT DE ROCHAMBEAU

A. DE SALIES

HISTOIRE

D'UNE ENFANT

Elle s'appelait Marguerite.

Jamais nom plus gracieux ne fut porté par une plus belle enfant. Tout charmait dans sa figure : ses joues fraîches, sa bouche fine et rose, son œil bleu qui semblait refléter le ciel. Une chevelure blonde et soyeuse flottait sur ses petites épaules et tombait jusqu'à sa taille, qui avait la délicatesse et la souplesse du roseau.

Et pourtant Marguerite était simplement la fille d'un pauvre artisan de campagne. Rien dans sa parure ne relevait la grâce que le bon Dieu lui avait donnée, et, sans l'exquise propreté de ses petits vêtements et de sa personne, on eût pu la prendre pour une pauvresse.

Ses parents n'étaient pas riches, en effet. Son père était forgeron, et, pour bien des raisons, travaillait peu. Sa mère, femme active et intelligente, travaillait beaucoup, au contraire. Elle était couturière; mais les journées se paient si peu à la campagne!

Quant à Marguerite, elle avait sept ans à peine. On ne gagne guère à cet âge! La charmante enfant, dont le cœur et le caractère répondaient à la figure, eût voulu faire des merveilles de travail. Elle ne le pouvait pas encore. Quelques petits soins d'intérieur, en rapport avec sa force, étaient toute sa tâche. Elle allait d'ailleurs tous les jours, matin et soir, à l'école chez de bonnes religieuses qui avaient une maison au village. Là l'intelligence de Marguerite se développait, son cœur se cultivait, ses mains s'assouplissaient au travail de l'aiguille : elle jetait, en un mot, la semense de l'avenir. Mais pour le présent, pas de récolte !...

Et cependant, par cette enfant si jeune s'étaient déjà accomplies bien des choses dans la maison paternelle, et tout annonçait qu'il s'en accomplirait bien d'autres encore, avant peut-être qu'il fût peu. Laissez-moi vous conter cela, mes petits amis. C'est une histoire bien simple ; mais elle n'est dépourvue ni d'intérêt ni de moralité. Vous y verrez comment Dieu se sert quelquefois des plus petites créatures pour rendre la paix aux familles et les remettre dans sa voie. Les enfants, vous le savez déjà, ne sont pas nés uniquement pour s'amuser, se livrer à leurs caprices, et se faire gâter par pères et mères. Ils ont toujours, suivant leur âge, une petite mission à remplir.

Bien heureux quand ils la remplissent comme Marguerite!

Mais trêve de réflexions. Je commence mon histoire.

Un jour, dans un petit village écarté dont j'ai perdu le nom, arriva un grand et beau garçon d'une trentaine d'années. C'était un dimanche, après la grand'messe, et les villageois, qui étaient sortis de l'office, stationnaient par groupes sur une assez vaste place, devant l'église, se racontant leurs travaux de la semaine, leurs petites affaires d'intérieur, celles des autres aussi, peut-être; enfin, causant de tout, et de bien d'autres choses, ainsi que c'est l'usage dans les petits endroits.

Tout le monde se connait à la campagne, et l'apparition d'un étranger est tout de suite remarquée. Aussi le grand et beau garçon dont je parlais plus haut eut-il à peine fait son apparition au bout de la place, que chacun se demanda qui il était et d'où il venait. Et aussitôt les commentaires d'aller leur train.

Il y avait de quoi, en effet. Jean, — c'était le nom de l'étranger, — avait une tournure qui n'était point celle d'un paysan. Il avait les cheveux taillés en brosse, et portait moustache. A l'aise dans ses vêtements, simples du reste, tout trahissait en lui les habitudes militaires, et certaine médaille qu'on voyait à sa boutonnière le disait plus haut encore. Quel événement pour un village!...

Jean s'approcha sans façon du premier groupe qui se trouvait sur son passage, et portant vivement la main à sa casquette :

« Bonjour, Messieurs, fit-il; me diriez-vous s'il est vrai que le forgeron du village soit mort et qu'il n'ait pas été encore remplacé?

— C'est malheureusement vrai, répondirent plusieurs paysans, et le brave homme nous fait bien faute; car nous sommes obligés d'aller à plus d'une lieue d'ici faire arranger nos pelles, nos pioches et nos charrues. C'est gênant, surtout quand les travaux pressent. »

Et là-dessus chacun des bons villageois se mit à placer son mot sur les qualités du pauvre défunt, sur le vide que faisait sa mort, et sur nous ne savons quoi encore. Personne n'est plus causeur qu'un paysan, le dimanche, quand il est entouré de ses pareils. Il parle pour toute la semaine.

Jean laissa d'abord ces commentaires aller leur train ; puis, reprenant la parole :

« Savez-vous, dit-il, si personne a l'intention de prendre la place du défunt ? »

Le paysan est défiant de sa nature, et répond rarement d'une manière catégorique, de peur de tomber dans un piége.

« Êtes-vous forgeron ? demanda le plus âgé de la troupe.

— Oui, fit Jean.

— Et vous auriez l'idée de vous établir ici ?

— Je n'en sais rien. Il faut voir s'il y a moyen d'y gagner sa vie.

— Oh! pour ça, s'écrièrent à la fois tous ceux qui prenaient part à la conversation, pour ça..., il y a une jolie position à se faire, allez! »

Et sur ce nouveau thème, voilà nos paysans repartis, vantant à qui mieux mieux, et leur village, et le pays, et l'aisance de la population, et le travail qu'elle pouvait fournir à un forgeron. Ils avaient besoin d'un artisan de cette espèce, Jean leur donnait dans l'œil, et toute leur éloquence tendait à le captiver. Ils en auraient dit long ainsi, lorsque le plus âgé de la bande, celui-là même qui le premier avait questionné Jean, lui adressa de nouveau la parole :

« Êtes-vous outillé? dit-il.

— Pas trop!

— Comment! pas trop?

— En fait d'outils, fit Jean, je n'ai que mes deux mains.

— C'est beaucoup, mais ce n'est pas assez. »

Et se rapprochant du jeune homme :

« Vous avez votre affaire ici, dit-il en lui frappant sur la poitrine, du revers de la main, pour le mieux convaincre : tout l'outillage est chez la veuve de ce pauvre Mathurin. La longue maladie de son mari l'a mise bien bas, cette brave femme, elle vous cèdera tout à bon compte. »

Jean frappa sur la poche de son gilet en souriant :

« Et de l'argent? » dit-il.

A ces mots quelques paysans firent une légère moue et clignèrent de l'œil. Jean baissait dans leur estime.

« Ah! mon pauvre garçon, fit l'interlocuteur, vous savez le proverbe : *Point d'argent, point de Suisse.*

— Bast! qu'est-ce que ça fait donc? s'écrièrent vivement quelques autres villageois, que Jean avait plus particulièrement fascinés : ne peut-il pas se marier avec la fille au père Mathurin, et faire marcher la maison?

— Ah! mais c'est une idée, cela, firent les autres ; il y a moyen de tout arranger.

— Doucement, interrompit le plus âgé, il ne s'agit pas d'aller trop vite. »

Et se tournant vers Jean :

« Vous avez été militaire? Avez-vous fini votre congé?

— J'en ai fini deux, dit Jean ; car je me suis réengagé dans les ouvriers militaires, et je viens de travailler dans les arsenaux comme forgeron.

— Et avez-vous votre livret? reprit le paysan.

— Oh! pour ça, c'est facile à vous montrer. Tenez! voilà non-seulement mon livret, mais mon certificat de libération et ma feuille de route. »

Et, parlant ainsi, Jean fouilla dans sa poche. Il en tira plusieurs papiers, parmi lesquels il en choisit trois, qu'il présenta au paysan. Celui-ci mit solennellement ses lunettes rondes, et parcourut les pièces lentement.

« Elles sont en règle, » dit-il ensuite.

Ces mots achevèrent de donner confiance à toute la troupe; car celui qui venait de les laisser tomber de ses lèvres comme une sentence, était l'adjoint du village.

Aussitôt chacun dit son mot, formula son conseil, et Jean fut traité comme une personne de connaissance. Quelques instants après, on le présentait à M. le maire, un bon gros paysan, plein de proverbes et de raison, qui l'agréait comme l'adjoint. Puis on allait au cabaret sceller l'alliance.

Jean raconta, entre deux verres, les histoires du service. Quelques paysans qui avaient été militaires lui donnèrent la réplique, les autres parlèrent de leurs veaux et de leurs vaches, et enfin on s'entretint de l'établissement de Jean dans le pays.

Bref, trois mois après, la boutique du pauvre forgeron Mathurin résonnait de nouveau sous les coups du pesant marteau : Jean était le maître de la forge ; il avait épousé la fille du défunt, et vivait dans la maison avec sa femme et sa belle-mère.

Ici commence véritablement l'histoire que je veux vous conter, mes chers petits amis. Ce qui précède n'en était que le prologue.

Voilà donc Jean installé comme forgeron du village. Le travail afflua vite chez lui ; car, depuis la mort de Mathurin, chacun n'avait fait réparer que les outils les plus indispensables. Le nouvel artisan était fort, très-bon ouvrier, remplissait sa tâche avec courage, et tout le monde était content.

Sa journée terminée, Jean prenait sa jeune femme par le bras, et avec elle il allait, en causant, se promener sur les chemins qui entouraient le village, ou sur les prairies qui bordaient la rivière. On était au printemps. Les haies étaient fleuries et pleines de parfums. Les jeunes époux cueillaient un bouquet pour la veuve du pauvre Mathurin, restée à la maison; ils rentraient ensuite pour le lui offrir et la consoler par leur présence, avant d'aller prendre le repos de la nuit.

Le dimanche, Jean suivait les offices avec sa femme et sa belle-mère. Puis, son bel habit sur le dos et son ruban de la médaille militaire à la boutonnière, il s'en allait faire figure avec les plus huppés du village, ce qui n'est pas défendu, quand on a battu le fer toute la semaine.

Ce fut ainsi pendant un mois. Mais au bout de ce temps, les outils ne se dérangeant pas aussi vite que Jean les arrangeait, l'ouvrage se ralentit un peu. Jean acheva de remplir sa journée en bêchant, défonçant, remuant et plantant le jardin de la maison, qui bientôt devint un véritable bijou. Mais ce jardin n'était pas immense. Après quelques jours, il n'y eut plus rien à y faire qu'un petit travail d'entretien insignifiant. Jean se mit alors à préparer, à ébaucher quelques outils, pour que ceux qui en viendraient commander fussent plus tôt servis. Il en eut bientôt accumulé au-delà de ce que lui prescrivait une juste prévoyance, et bien des heures le virent inoccupé. Sa belle-mère était en journée, sa femme aussi. Que faire pour remplir son temps ou se distraire un peu?

La pêche est le grand refuge des oisifs et des paresseux. Jean fut à la pêche. Ses premières prises furent mangées gaiement, en famille. Mais bientôt il se lia avec quelques pêcheurs rencontrés sur le bord de la rivière. Jean était simplement oisif; ceux-ci étaient paresseux, et, en fait de travail, n'aimaient que celui du cabaret. Ils sollicitèrent Jean de joindre sa prise à la leur, et de tout confondre pour un pique-nique chez le père Jolibois, le premier cabaretier du bourg. Jean refusa d'abord. On le plaisanta, il eut honte et céda enfin.

Ce fut un triste jour que celui où Jean mit la première fois le pied dans le cabaret du père Jolibois avec ses nouveaux amis. On y mangea, on y but, et cela si bien, qu'en rentrant chez lui à une heure avancée de la nuit, Jean, sans être précisément ivre, était fort échauffé par la boisson, et ne prit pas en très-bonne part les observations, pourtant bien douces, de sa jeune femme.

Hélas! au bout de quelque temps, grâce à la mauvaise compagnie, Jean était devenu un pilier de cabaret. Lorsqu'on avait besoin de lui, c'était au cabaret qu'il fallait l'aller chercher. Il ne se dérangeait du jeu ou de la boisson qu'avec peine.

Les pratiques cependant étaient revenues. Le travail affluait, et il était pressé. Le forgeron le négligea, le fit traîner en longueur, le renvoya d'un jour à l'autre, répondit d'abord avec impatience à ceux qui s'en plaignaient, puis avec grossièreté, et finit par évincer quelques-uns de ses clients qui se montraient plus mécontents.

Sur ces entrefaites naquit la petite Marguerite. La venue de cette enfant fit réfléchir le forgeron. Il assista à son baptême les larmes aux yeux. La vue de l'église, qu'il ne fréquentait plus, lui remuait le cœur. Pris d'un bon mouvement, il voulut même se rapprocher de son curé et revenir à Dieu; mais ses mauvais amis n'étaient pas gens à permettre qu'il leur échappât ainsi. Ils le plaisantèrent, le persiflèrent, le travaillèrent si bien, que Jean revint avec eux, et reprit sa vie de désordre, à peine interrompue durant une semaine.

A la maison, cependant, régnaient la misère

et le chagrin. La veuve du père Mathurin, qui n'était point jeune, ne pouvait presque plus travailler, prise qu'elle était souvent de douleurs rhumatismales. Obligée de donner ses soins à la petite Marguerite, la femme de Jean ne travaillait pas beaucoup non plus. Mère et fille ainsi renfermées dans leur logis et toujours en présence d'un berceau, mère et fille n'osaient plus se parler, pour ainsi dire, dans la crainte mutuelle de réveiller une douleur qui semblait dormir, tant elle était subie avec résignation de part et d'autre. Mais si leurs yeux venaient à se rencontrer, ils s'emplissaient aussitôt de larmes.

Quelle vie désolée pourtant! et qu'il était coupable l'homme qui, avec quelques coups de marteau donnés sur son enclume et un sourire apporté au logis, eût pu la changer en une vie douce, pleine de consolation et d'espérance!

Le malheureux Jean y songeait-il seulement au milieu de ses désordres! Il ne faisait plus chez lui que de rares apparitions dans la journée, et toujours c'était pour trouver à redire à quelque chose, pour se fâcher ou s'emporter contre sa femme et sa belle-mère. Sa petite fille, dont le baptême l'avait si fort ému, à peine la regardait-il. Il prétendait que c'était l'affaire des femmes de s'occuper des enfants. En revanche, lorsque, rentré fort tard le soir, il voulait dormir, et que Marguerite par ses cris l'en empêchait, il entrait dans une véritable fureur, la frappait malgré son jeune âge, et grondait rudement la mère, qui, prétendait-il, élevait mal sa fille. Et sans répondre à ces injustes accusations on pleurait au logis, cherchant à consoler la pauvre enfant, dont les coups n'avaient fait qu'exciter les cris; on pleurait, élevant vers Dieu un cœur brisé de douleurs et d'angoisses.

Oh! que c'était un triste spectacle celui-là! Et comme de cette maison un instant si heureuse avec le travail et la conduite, l'espérance même semblait exilée!

Mais ce n'était qu'un prélude. Bientôt, abattue par les privations et le chagrin, la veuve du père Mathurin tomba malade. En même temps les dettes grossissaient chez le boulanger et l'épicier. Chez le cabaretier Jolibois, elles grossissaient plus encore. Un gouffre était ouvert devant cette malheureuse famille, et tout l'entraînait, tout la poussait vers sa perte.

Pour surcroît, arriva dans le bourg un nouveau forgeron, attiré par les mêmes paysans qui avaient d'abord été si favorables à l'établissement de Jean dans le pays. Celui-là était un homme de près de cinquante ans. Mais quel rude gaillard il faisait encore! Et puis travailleur, ne sachant pas ce que c'était qu'un cabaret.

Jean fut frappé comme d'un coup de foudre à la nouvelle de cette arrivée. En se remettant aussitôt courageusement au travail, il aurait pu sauver encore quelques-unes de ses pratiques qui, le connaissant excellent ouvrier, tenaient à lui, et qui surtout n'auraient pas voulu retirer à la famille la bouchée de pain qu'elles pouvaient lui procurer. Mais, loin d'en agir ainsi, Jean s'emporta en invectives contre le nouveau venu, répandit des calomnies sur son compte, injuria ceux qui l'avaient attiré dans le bourg, et se mit tout le monde à dos.

Quinze jours ne s'écoulèrent pas que Jean n'eut plus de travail du tout; et l'enclume de Guillaume Bras-de-Fer, — c'était le nom du nouveau forgeron, — qui résonnait incessamment, ne lui laissait guère d'espoir d'en trouver.

Le cabaretier Jolibois vit d'un coup d'œil la situation. N'étant pas d'humeur de se hasarder avec un homme qui ne gagnait rien, il lui retira son crédit, et voulut être payé de ce que Jean lui devait. Le boulanger et l'épicier, par la même raison, voulurent être payés aussi. Jean n'avait rien à leur donner. Un beau jour, les huissiers se mirent de la partie. On vint saisir tout chez le malheureux forgeron, tout, excepté quelques outils que la loi lui réservait, et ce qui fut saisi fut vendu sur la place publique.

La veuve du père Mathurin, déjà bien malade, ne put résister à ce coup fatal. Elle en mourut. La femme de Jean faillit en mourir. Quant à la petite Marguerite, le défaut de nourriture, surtout de nourriture convenable pour une si jeune enfant, la réduisit au dernier état.

Les gens charitables s'émurent. Ils apportèrent le nécessaire dans cette maison où tout manquait; ils y apportèrent aussi les consolations. De bonnes âmes parlèrent à Jean pour le faire rentrer en lui-même. Il avait fort mal reçu et chassé même de chez lui le curé, qui avait tenté de le ramener, à quelque temps de là. Il écouta pourtant les bons conseils; car l'affreuse misère commençait à le dompter. Il promit de se remettre au travail.

Mais Guillaume, si bien surnommé Bras-de-Fer, accaparait tout. Quel travailleur! Avec lui on n'avait pas un quart d'heure à attendre. Plus l'ouvrage affluait, plus il se multipliait pour l'expédier. Heureusement pour Jean, le nouveau venu, excellent ouvrier lorsqu'il s'agissait des gros ouvrages ordinaires, ne portait pas son savoir au delà. Il restait donc de la place pour Jean, ouvrier infiniment plus adroit et plus complet; mais quelle petite place, dans un village où l'on n'a guère besoin que de travaux grossiers! N'importe, Jean se tint à sa boutique, et on lui procura quelque ouvrage.

Cependant la petite Marguerite avait grandi. Sa mère, plus libre, avait pu reprendre ses journées. Elle travaillait aussi chez elle, et souvent passait les nuits au travail. On était bien gêné dans cette pauvre maison. On y vivait pourtant, et l'on y eût même vécu sans trop de privations, si de temps en temps encore le malheureux Jean ne se fût rappelé qu'il y avait des cabarets non loin de sa demeure, et s'il n'y eût bu une partie de ce qu'il gagnait.

Du reste, il était devenu meilleur avec sa femme, et il aimait sa petite fille, dont l'intelligence vive et l'innocent bavardage, souvent plein de précoce bon sens, avaient le pouvoir de le charmer.

Ainsi s'étaient écoulées quelques années, et Marguerite avait atteint cet âge où, quoique enfant, on comprend bien des choses. Une circonstance, insignifiante en apparence, souleva pour elle un coin du voile qui lui cachait les réalités de la vie, et la transforma. Le bon Dieu fait de ces miracles lorsqu'il destine les petits à l'accomplissement de ses desseins.

Un jour donc, un étranger bien mis se présente à la boutique de Jean. Une pièce délicate de sa voiture venait de casser, comme il entrait au village. Il ne pouvait continuer son voyage, que de graves motifs rendaient pressé, et Bras-de-Fer n'ayant pas osé se charger de la réparation, l'étranger réclamait le père de Marguerite. Susanne, la femme de Jean, court chercher son mari, en ce moment, hélas! au cabaret, occupé à faire une partie de cartes. Jean répond qu'il y va.. Mais il faut finir le coup, sinon la partie. Susanne est revenue près de l'étranger. Jean se fait attendre. L'étranger se promène anxieux, comme quelqu'un qui compte les minutes. Susanne retourne vers Jean. Même réponse; retard nouveau; et l'étranger s'impatiente, sans que Susanne ose tenter un troisième appel auprès de son mari..

La petite Marguerite s'était arrêtée, attentive à ce qui se passait. Les préoccupations de l'étranger, qui a besoin de hâter son voyage et qui se voit retardé, les hésitations de Susanne et son chagrin, les motifs fâcheux de l'incompréhensible retard de Jean : tout se révèle à ses yeux comme une lumière, et sa résolution est prise. Elle se lève :

« Je vais chercher mon petit père, » dit-elle.

Et courant de toute la force de ses petites jambes, sans entendre ce que lui crie sa mère, elle arrive au cabaret.

« Mon petit père, dit-elle en entrant, tout de suite, tout de suite, on vous attend. »

Jean ne répond rien. Mais la petite fille s'approche de l'air le plus mutin :

« Quoi! c'est pour remuer ces papiers-là que vous retardez ce monsieur qui est si pressé! »

Et, du revers de la main, l'espiègle enfant envoie les cartes au milieu de la chambre, et rit de tout son cœur. On se fâche. La petite

Marguerite se jette alors au cou de son père, et de sa voix la plus caressante :

« Oh ! petit père, venez ! venez avec votre petite fille qui vous aime tant ! »

Jean murmure, mais il se lève; bientôt il se laisse entraîner par la main, et, conduit ainsi, il arrive devant l'étranger.

Marguerite est présente à tout ce qui se passe, elle écoute tout ce qui se dit. Et lorsque Jean se met à l'ouvrage, après avoir amené la voiture de l'étranger devant sa porte, c'est Marguerite qui l'aide, devinant ce dont il a besoin, approchant tantôt un marteau, tantôt une pince, tantôt une lime, avec une agilité et une sagacité remarquables.

Ce petit manége n'échappa point à l'étranger.

« Vous avez là une enfant bien intelligente, dit-il à Jean; mais on voit aussi que, toute jeune qu'elle est, vous l'avez habituée à votre boutique.

— Jamais, Monsieur! fit Jean avec vivacité. Elle comprend que Monsieur est pressé; elle cherche à hâter mon travail. »

Et Jean, en faisant sa besogne, raconta, tout fier de sa fille, ce qui venait de se passer.

L'étranger ne dit rien. Seulement, lorsque la voiture fut réparée, et parfaitement réparée :

« Combien vous dois-je? dit-il à Jean.

— Ce que Monsieur voudra. Monsieur sait ce que valent ces réparations.

— Tenez! fit l'étranger en donnant dix francs au forgeron; êtes-vous suffisamment payé?

— Beaucoup trop, Monsieur; mon travail ne vaut pas cela.

— Prenez toujours, continua l'étranger; si vous fussiez venu tout de suite, je vous en aurais donné le double. »

S'adressant alors à la petite fille :

« Comment vous appelez-vous, mon enfant?

— Marguerite.

— Un joli nom. C'était celui de ma bonne mère!... Eh bien! ma petite Marguerite, merci de votre empressement. Soyez toujours bien sage ; et voici qui est pour vous. »

En même temps il tendait la main avec dix autres francs à la naïve petite fille.

Marguerite rougit, et, par un sentiment de délicatesse naturelle dont la chère enfant ne se rendait certainement pas compte, elle refusa les deux beaux écus qui lui étaient offerts, pendant que son père, touché de la bonté de l'étranger, se confondait en excuses.

Mais l'étranger, sans prendre garde aux paroles de Jean, se pencha vers Marguerite :

« Pourquoi me refusez-vous, ma petite enfant? lui dit-il d'une voix caressante. J'ai des petites filles, un peu plus grandes que vous ; elles ne me refusent jamais lorsque je leur donne quelque chose. Prenez, ma petite Marguerite, prenez, pour vous souvenir de moi. Vous achèterez avec cela du bonbon, des gâteaux, des confitures. »

Et en même temps l'étranger saisissait la main de Marguerite, et cherchait à y mettre les deux écus. Mais la petite main restait fermée.

« Vous n'aimez donc pas toutes ces bonnes choses? poursuivit l'étranger, étonné de tant de persistance.

— Oh! j'aime mieux le pain, fit l'enfant avec un accent mélancolique indéfinissable.

— Je ne peux pas vous dire d'acheter du pain; mais vous achèterez ce que vous voudrez. »

Et l'étranger chercha de nouveau à mettre les deux écus dans la main de Marguerite, qui, sur les observations de son père, confus de cette petite lutte, finit par les accepter.

« Vous êtes bien sage, Marguerite, dit

l'étranger en serrant les petites mains de l'enfant et les portant à ses lèvres. Que mes fillettes seront heureuses lorsque je leur parlerai de vous ! Elles vous aimeront bien. Ainsi c'est convenu ; vous achèterez pour vous ce que vous voudrez.

— Me permettez-vous aussi d'acheter une robe à maman? dit la petite fille, dont la figure s'illumina tout à coup d'un éclair de bonheur.

— Certainement, » fit l'étranger, qui comprit à ce mot la gêne de la maison.

Se penchant aussitôt vers Marguerite, il lui prit de nouveau les mains, et d'une voix presque émue, tant elle était caressante :

« Mais il n'y a pas assez là pour une robe, dit-il. Tenez, vous achèterez une robe pour maman et une robe pour vous. »

En même temps il glissa un petit rouleau dans la poche de l'enfant, qui, toute joyeuse cette fois, le remercia avec une grâce charmante.

« Et quand vous aurez votre robe, fit l'étranger, vous penserez à moi, n'est-ce pas?

— Oh! c'est le bon Dieu que je prierai pour vous, dit Marguerite.

— Priez-le bien aussi pour mes fillettes. » Et une larme perla sous la paupière de l'étranger.

Puis, comme on lui annonçait que sa voiture était attelée, se tournant vers le forgeron, qui se confondait en remercîments:

« Vous avez là une bonne petite enfant, lui dit-il; que cela vous donne du courage pour travailler! »

Et il partit.

Marguerite le suivit des yeux toute pensive. Puis, lorsque son œil ne l'aperçut plus, elle courut toute joyeuse vers sa mère, lui conter ce qui venait de se passer, et lui remettre les deux écus avec le rouleau. Susanne avait à peine pris le tout des mains de l'enfant, que Jean arriva, fort empressé de savoir ce qui avait été mis dans la poche de Marguerite. Le rouleau fut ouvert. Il renfermait quarante petites pièces de cinq francs en or, en tout deux cents francs. Susanne se mit à pleurer de saisissement, de reconnaissance et de joie. Tombant à genoux en même temps :

« Merci! mon Dieu, merci! » s'écria-t-elle.

Et les sanglots étouffèrent sa voix

Mais la petite Marguerite, sans s'inquiéter des larmes de sa mère, et comme si elle eût compris que celles-là faisaient du bien :

« Maman, fit-elle vivement, il faut prier pour le monsieur et pour ses fillettes; il l'a dit. »

S'agenouillant en même temps devant une chaise, elle se mit à réciter un *Pater* et un

Ave, auxquels Susanne répondit en pleurant.

Jean était resté debout et silencieux. Lorsque la prière fut finie, Marguerite se dirigea vers lui en faisant une petite moue pleine d'expression :

« Oh ! mon petit père, dit-elle, vous n'avez point prié pour le monsieur !... »

Et continuant avec une vivacité enjouée :

« Une autre fois vous prierez avec nous... et vous vous mettrez à genoux avec nous... : n'est-ce pas, petit père? Il est si bon ce monsieur !... »

L'enfant s'était jetée au cou de Jean, avec toute espèce de caresses. Jean, ému, enfin promit à l'enfant.

Telle avait été cette scène inattendue, et telles en avaient aussi été les suites. Pour une petite fille légère et folâtre, il n'y aurait eu là qu'un incident heureux ; Marguerite, la petite

Marguerite, y vit une foule de choses : d'abord, les conséquences du penchant de son père pour le cabaret s'étaient révélées à elle, et en même temps ce qu'elle pouvait faire pour y porter remède. Malgré les camarades, et lorsque sa mère avait échoué, Marguerite avait réussi à entraîner Jean à son ouvrage. Elle saurait désormais comment s'y prendre, elle serait sûre de réussir; elle avait conscience, en un mot, de son pouvoir.

La nécessité de l'exactitude dans le travail l'avait aussi frappée. — *Si vous étiez venu tout de suite,* avait dit le monsieur, *je vous aurais payé le double.* Enfin, les larmes que l'enfant avait souvent surprises dans les yeux de sa mère, les brutalités ou les emportements du forgeron, la gêne, la misère peut-être, du ménage, Marguerite les comprenait maintenant. Sa petite intelligence en pénétrait la cause.

De ce jour, la chère enfant fut toute

changée. Elle s'était fait dans son petit cœur une mission : celle de ramener son père au travail en l'arrachant au cabaret. Elle le voulait, et, sans en rien dire à personne, elle ne manquait jamais l'occasion d'y travailler.

Sur ces entrefaites, le curé du village, averti par les bonnes religieuses de l'intelligence précoce de Marguerite, avait voulu qu'elle vînt au catéchisme, et il voulut aussi qu'elle se confessât.

Marguerite était une enfant bien sage ; elle aimait Dieu de tout son cœur ; elle aimait ses parents, et travaillait tant qu'elle pouvait. Elle ne péchait pas, sans doute. Poutant la confession lui était nécessaire pour la guider, et lui apprendre à éviter le mal au lieu de s'exposer à le commettre. Elle alla donc se confesser. Le bon curé vit bien vite à quelle enfant d'élite il avait affaire. Il l'encouragea dans la mission qu'elle s'était faite, la lui fit comprendre, lui dit que les enfants devaient toujours respecter leurs parents, malgré leurs fautes, quelles qu'elles fussent; mais que c'était leur devoir aussi de les ramener lorsqu'ils le pouvaient, indirectement, sans leur reprocher leurs erreurs, par la prière, par l'exemple, par de douces et respectueuses remontrances même. Marguerite comprit parfaitement tout cela, et s'appliqua de toutes ses forces à le mettre en pratique.

D'abord, pour plaire au bon Dieu et en obtenir aide et secours dans sa mission, elle s'attacha à remplir tous ses devoirs avec la dernière rigueur. Ensuite elle s'efforça d'être douce, bonne et serviable envers tous, et la chère enfant n'eut pas de peine à y réussir, car c'était là sa nature. Enfin elle se fit la consolatrice de sa maman, et quant à son papa, qui l'aimait déjà si fort, elle l'entoura de tant de prévenances, de tant de soins, de tant de sollicitude, que le pauvre forgeron se mit à l'aimer dix fois plus encore.

L'empire de Marguerite sur son père devint donc fort grand, et la chère enfant le sentait fort bien. Mais au lieu d'en user, comme les enfants gâtés, par exemple, pour dominer celui auquel elle devait obéissance, et le faire l'instrument de ses caprices, elle n'y voyait qu'un moyen de remplir plus sûrement sa mission. C'était toujours Marguerite qui, lorsqu'elle était là, allait chercher le forgeron si on avait besoin de lui. Et jamais il ne la mettait dans la nécessité de renouveler son petit manége, et d'envoyer les cartes au milieu de la chambre, comme elle l'avait fait la première fois. En partant pour l'école, l'enfant faisait ses petites conditions ; elle se jetait au cou de Jean, et en l'embrassant :

« Petit père, lui disait-elle, si l'on vous appelle pendant que je n'y serai pas, vous viendrez tout de suite, vous me le promettez ? »

Et Jean le promettait, et Jean tenait sa

promesse. Et lorsque le forgeron s'empressait de dire à sa fille qui rentrait :

« Je t'ai obéi, mignonne !

— Oh ! pas obéi ! disait l'enfant en couvrant son père de caresses ; on n'obéit pas aux petites filles ; mais vous m'avez fait bien plaisir. »

Si Jean se montrait dur ou brusque avec la pauvre Susanne, l'enfant avait aussi des manières à elle pour l'en reprendre. Une fois, par exemple, que Jean se laissait emporter à des brutalités :

« J'ai donc été bien méchante, lui dit-elle en lui jetant vivement les bras autour du cou, puisque vous grondez si fort maman de ne pas m'avoir punie ? »

Jean voulut protester. Mais Marguerite l'embrassa en lui promettant d'être bien sage à l'avenir ; et Jean comprit. Confus, il tendit sans mot dire la main à sa femme, et l'enfant joyeuse courut de l'un à l'autre en les couvrant de baisers.

Si Jean aimait tant sa petite Marguerite, que dirons-nous de Susanne? Cette chère enfant était devenue son conseil, sa consolation, sa joie, toute son espérance, après Dieu; car la pauvre femme mettait Dieu avant tout : elle était pieuse comme un ange, résignée, soumise dans toutes ses traverses, et digne d'avoir une enfant comme Marguerite

Jamais Susanne ne se plaignait à sa fille des mauvais traitements ou du manque d'égards de son mari. Jamais elle ne disait un mot qui pût autoriser l'enfant à croire des défauts à son père : Susanne était trop bonne chrétienne pour cela. Ce n'était donc pas sur ces points délicats que Marguerite était son conseil; c'était dans toutes les affaires du ménage. En cette matière, la bonne femme n'aurait rien fait sans en causer avec la chère enfant. Elle y voyait un moyen d'instruire la petite fille et de l'attacher aux choses sérieuses, sans doute; mais, pour Susanne, c'était aussi un moyen d'avoir souvent de bonnes idées; car l'intelligence et la sagacité de Marguerite ne se démentaient jamais.

Quant à la consolation, à la joie, à l'espérance que goûtait Susanne avec son enfant, ce n'étaient ni de grandes démonstrations extérieures, ni des discours qui les laissaient voir. Ces douces impressions, elles naissaient et vivaient dans le cœur de la mère, pour n'en sortir que devant Dieu, sous forme d'action de grâces. A l'extérieur, elles ne se traduisaient que par les tendres caresses dont Susanne enveloppait son enfant, et l'amour avec lequel elle la suivait de l'œil dans toutes les petites tâches qu'elle remplissait.

Quelquefois, en suivant ainsi sa fille, Susanne sentait son cœur déborder, et toutes ses impressions prêtes à se faire jour par une explosion subite. Elle en contenait l'expansion désordonnée, et d'une voix douce et calme :

« Viens m'embrasser, ma petite Marguerite, disait-elle; viens, cela te reposera un peu. »

Et l'enfant était d'un bond dans les bras de sa mère. Dire ce qui se passait là serait impossible. L'enfant embrassait sa mère avec tendresse ; la mère embrassait son enfant, sans doute. Mais était-ce tout? Ce qui s'agitait à ce contact dans le cœur de cette femme éprouvée par la douleur, dans le cœur de cette enfant pure comme les anges du ciel et pleine du bon Dieu, qui pourrait le traduire? Une larme qui, presque toujours, coulait de l'œil de la mère et de l'œil de l'enfant, semblait par sa douce chaleur, sa transparence et sa pureté, en être l'emblème. Ni Susanne ni Marguerite ne prononçaient une parole. Que de choses pourtant elle se disaient par ce muet langage de la tendresse ! Cela durait quelques secondes : puis, sans mot dire, l'enfant revenait à son ouvrage, et la mère, inclinant légèrement la tête, laissait retomber un instant ses paupières, et semblait se recueillir pour sanctifier sa joie en l'offrant à Dieu.

Cependant les petites ambitions de Marguerite allaient grandissant à mesure qu'elle obtenait quelque triomphe de plus sur son père, et que, son intelligence se développant davantage avec l'instruction religieuse, elle comprenait mieux tout ce qu'elle devait désirer pour lui. Nous avons vu comment la chère enfant avait fait promettre au forgeron que désormais il se mettrait à genoux, et remercierait Dieu avec sa femme et sa fille, lorsque arriverait quelque chose d'heureux dans la maison. Jean l'avait promis. Rien de saillant ne s'était présenté pour le mettre à même de tenir sa promesse.

Mais de cette promesse, la petite Marguerite aurait bien voulu se faire un précédent pour amener son père à prier chaque matin et chaque soir, avec sa mère et elle ; car au catéchisme elle avait appris combien est douce au cœur de Dieu, et combien est puissante la prière en commun. Comment s'y prendre pourtant pour obtenir cette victoire ?

Un soir, pendant que Susanne et Marguerite faisaient leur prière, Jean entra. Éclairée d'une inspiration subite, Marguerite se lève, court embrasser son père, le prend par la main, l'entraîne sans mot dire devant la chaise où elle-même s'était agenouillée, lui fait un signe expressif et tendre que le père comprend bien, et, se remettant aussitôt à genoux, elle cache sa tête dans ses mains, disant d'une douce voix tout émue :

« Oh ! je vous prie, maman, recommencez la prière ! »

Susanne, qui n'avait eu le temps de s'apercevoir de rien, releva la tête. Jean était près d'elle. A peine avait-il hésité ; il s'était mis à genoux.

Et, sans qu'un mot fût échangé, la prière recommença. Susanne la disait, Marguerite y répondait. Jean la suivait dans son cœur, n'osant encore y répondre. Lorsque pourtant, à la fin, on récita un *Pater* et un *Ave* pour le bienfaiteur inconnu, pour le *monsieur*, comme disait Marguerite, Jean y répondit avec émotion. C'est que le petit rouleau laissé dans les mains de sa fille avait été comme une rosée bienfaisante; il avait tout relevé dans la maison, et payé les dettes du ménage; Jean s'en était bien aperçu.

La prière terminée, avant même que Jean fût relevé, sa petite fille était pendue à son cou et l'étreignait dans le plus tendre embrassement.

« Demain encore, et puis toujours, » fit-elle enfin.

Ce furent les seuls mots prononcés. Jean embrassa sa fille. C'était donner son consentement muet. Il se releva ensuite, et vit que Susanne essuyait ses yeux. Il n'hésita pas : il alla droit à Susanne, et, lui prenant la main, il la regarda d'un regard impossible à peindre.

« Je t'ai fait souvent pleurer, » lui dit-il d'une voix émue.

Susanne redoubla de larmes, et, suffoquée par les sanglots, elle appuya sa tête sur l'épaule de son mari. Jean l'embrassa avec effusion. Il voulait lui demander pardon et lui promettre de ne plus lui faire de chagrin. L'émotion le domina, il ne put prononcer qu'un mot :

« Plus!... » s'écria-t-il.

Mais ce mot disait tout.

O incompréhensibles et merveilleux effets de la prière sur les âmes les plus froides, les plus éloignées de Dieu, les plus infidèles à leurs devoirs! dès qu'elle les touche, dès qu'elle les pénètre, elle opère en elle une détente subite. Cet homme était altier, dur, peu traitable ; la prière frôle ses lèvres : il est transformé, son cœur s'émeut, et des aveux que son orgueil n'eût jamais voulu faire, ils coulent maintenant de sa bouche avec la plus noble sincérité.

Que faisait pourtant Marguerite pendant que Jean demandait pardon à Susanne pour tout son passé?

La délicate petite fille avait compris, dès le premier mot, que son père pouvait s'accuser de ses fautes. Ce n'était pas à elle à entendre cela. Elle s'était sauvée dans la chambre à côté, dont elle avait fermé la porte. Là, par exemple, seule avec le bon Dieu, elle s'était aussitôt mise à genoux pour le remercier.

Ainsi la chère enfant saisissait toutes les occasions, et les mettait à profit avec un zèle aussi prompt que bien entendu. Était-ce sa seule intelligence, sa seule volonté, qui faisaient cela? L'intelligence, la volonté, sont de magnifiques dons du ciel; mais on ne va pas loin avec eux dans les choses spirituelles, si l'on s'en sert humainement. Il les faut placer sous le contrôle de Dieu, les soumettre à lui et le prier de les diriger pour qu'ils ne s'égarent pas et deviennent réellement puissants. Marguerite l'avait compris lorsque le bon curé le lui avait expliqué. Elle se considérait comme un instrument que le bon Dieu avait placé dans sa famille pour accomplir, par son intermédiaire, des volontés cachées et des miséricordes particulières. Aussi rapportait-elle tout à Dieu seul, et jamais il ne lui eût pris fantaisie de se dire :

« Je suis pourtant bien habile d'avoir su arriver à ce résultat ! »

Oh! non, cette mauvaise pensée, qui eût tout gâté, ce sentiment d'orgueil, qui certainement aurait rendu stériles les efforts de

Marguerite, la chère enfant était incapable de les éprouver, ou de s'y laisser aller s'ils s'étaient présentés à son esprit. Par sa sagesse et sa piété elle se rendait digne des inspirations du Ciel, autant qu'elle pouvait. Puis elle agissait en toute simplicité, et remerciait Dieu de tout son cœur, lorsque, par son secours, elle avait réussi. Ainsi se passaient les choses chez Marguerite. Et c'est ainsi, disons-le, qu'elles devraient se passer chez tous les chrétiens, les grands comme les petits, les petits comme les grands; car Dieu est tout, et nous ne sommes rien.

Mais le temps avait marché. Marguerite avait grandi; elle était dans sa neuvième année. Le bon curé, en raison de l'intelligence et des vertus qui brillaient dans cette enfant, jugea non-seulement qu'il pouvait, mais qu'il devait avancer sa première communion. Il le lui annonça, et commença à la préparer à ce grand acte de la vie du chrétien. Dire combien

Marguerite fut joyeuse nous serait impossible. Elle redoubla de zèle, d'ardeur, et devint d'une piété exemplaire.

Ne vous figurez pas, mes chers petits amis, que cette piété fût une gêne, une contrainte perpétuelle; que la bonne Marguerite en fût devenue toute sérieuse, et ne cessât de dire des prières. Non, vous vous tromperiez si vous pensiez qu'il en fut ainsi. La piété est toujours aimable quand elle est vraie. Marguerite faisait sa prière le matin et le soir, à la maison; elle prenait part à toutes les prières qui se disaient en commun à l'école, récitait aussi les prières que son confesseur lui prescrivait : et tout cela avec la plus grande exactitude et la plus grande attention. C'était tout pourtant. Ne pas perdre un instant dans sa journée, et faire tout du mieux qu'elle pouvait et en l'offrant à Dieu, voilà quelle était l'unique préoccupation de la bonne petite fille. Elle avait parfaitement compris ce que lui avait expliqué M. le curé, lorsqu'il lui avait dit que prier continuellement, ce n'était pas réciter sans cesse des prières, mais offrir toutes ses actions au bon Dieu et les faire pour lui.

C'était exactement ce que pratiquait Marguerite. Aussi se sentait-elle toujours joyeuse, toujours contente. Elle n'était point folâtre, moins encore légère ou dissipée. Mais le sourire quittait rarement ses lèvres, et ses yeux brillaient de cette sérénité qui reflète la pureté de la conscience.

Ainsi se préparait notre chère enfant, et son impatience était grande de voir venir le jour où elle recevrait son Dieu. Elle y pensait bien souvent, au milieu des occupations de sa journée. Son cœur battait alors plus vivement, et son âme s'élevait silencieusement vers le ciel par une aspiration qui se fût ainsi traduite, si la bouche avait parlé :

« Oh! venez vite, doux Jésus! »

Hâtons-nous d'ajouter que, dans le cœur de la bonne petite Marguerite, à côté de cette aspiration se plaçait toujours un souvenir. Il se fût traduit, celui-là, par un seul mot :

« Mon petit père ! »

C'est qu'en effet, si la chère enfant désirait Jésus pour lui-même, elle le désirait aussi parce qu'elle espérait, le jour de sa première communion, achever, avec l'aide du Ciel, la conversion de son père. Un pareil sentiment n'était pas défendu. Il ne gâtait pas la pureté d'intention qu'on doit apporter dans le grand acte de l'union du chrétien avec son Dieu. Il l'ornait, au contraire, il l'embellissait ; car si nous devons penser toujours à notre salut, nous ne devons jamais oublier les âmes égarées, surtout l'âme d'un père ou d'une mère.

Bientôt une semaine seulement sépara Marguerite du jour solennel qu'elle attendait.

Elle rentra chez elle pour l'annoncer à ses parents. Susanne et Jean étaient réunis lorsque l'enfant leur dit la bonne nouvelle. Susanne, le cœur touché, passa presque aussitôt dans une autre chambre pour donner un libre cours à son émotion. Marguerite se trouva donc seule avec son père. C'était le Ciel qui semblait amener cette circonstance, et la chère enfant se hâta de la saisir.

« Mon petit père, dit-elle en s'approchant de Jean avec une gravité pleine de respect, j'ai un grand service à vous demander.

— Quoi donc, ma fille? fit le forgeron.

— Dans huit jours je recevrai pour la première fois mon Dieu. Maman sera près de moi. Que je serais heureuse si mon petit père y était aussi!

— Certainement, mon enfant, j'y serai; c'est bien mon intention. »

Marguerite se recueillit un instant.

« Oui, mon petit père, vous y serez, ajouta-t-elle ensuite d'un accent mélancolique ; vous y serez ; mais jusqu'où m'accompagnerez-vous ? »

Jean comprit aussitôt ce que voulait dire sa fille. Il ne répondait pas. Marguerite se rapprocha de lui, prit ses mains dans les siennes, et d'une voix émue :

« Il manquera quelque chose à mon bonheur si je vais à Jésus toute seule !

— Tu ne seras pas seule, répliqua Jean tout aussitôt, ta maman sera avec toi.

— Il manquera quelque chose à mon bonheur, reprit plus solennellement Marguerite, si je ne peux pas dire à Jésus : Voici papa et maman qui me conduisent à vous, bénissez-les ! »

Jean commençait à être impressionné. Il balbutia quelques mots incohérents.

« Ma petite fille, finit-il par dire, on ne va pas se confesser et communier comme cela.

— Comment donc y va-t-on, mon petit père? dit Marguerite avec une douceur d'ange.

— Mais, fit Jean plus vivement, il y a trop longtemps que je n'y ai songé... C'est impossible pour cette fois! »

Marguerite se jeta au cou de son père, et d'une voix expressive :

« Je suis bien heureuse, ici bas, entre mon petit père et ma petite mère qui m'aiment, et que j'aime de tout mon cœur. Voulez-vous donc que je sois heureuse sans vous dans le ciel? »

Jean, tout ému, gardait le silence.

« Et, pour être tous trois heureux dans le ciel, fit Marguerite d'une voix plus pressante, il faut que tous trois nous allions vers Jésus dimanche. Oui, dimanche, jour de ma première communion. Oh! mon petit père, il sera si beau ce jour, il sera si beau s'il n'a pas de nuage! Et le ciel! et le ciel! » s'écria-t-elle inspirée.

Et comme Marguerite sentit rouler sur sa joue une larme de son père :

« Mon petit père, dit-elle, aujourd'hui vous irez voir M. le curé; tout s'arrangera bien facilement, allez! et dimanche, entre mon père et mère, j'irai à la table sainte. »

Jean pleurait, mais ne répondait pas.

Marguerite prit alors un ton plus enjoué :

« Lorsque ma cousine Thérèse est allée aux noces, son papa et sa maman l'ont accompagnée. Si, moi aussi, je devais y aller, mon petit père et ma petite mère ne manqueraient pas d'être avec moi. — Eh bien! fit-elle alors d'une voix expressive, c'est aux noces que va votre petite Marguerite; c'est aux noces du bon Dieu. Voudriez-vous l'y laisser aller seule? »

Les sanglots soulevaient la poitrine de Jean, et les larmes inondaient sa figure. Marguerite prit le mouchoir de son père pour les essuyer, et pendant qu'elle le faisait avec un soin pieux :

« Est-ce que le bon Dieu pourrait refuser quelque chose à de si bonnes larmes? dit-elle. Oh! petit père, vous verrez comme Dieu est bon! »

Et, après avoir essuyé de nouveau la figure de Jean, elle se pencha à son oreille, et tout bas, tout bas :

« Je vais prévenir M. le curé que vous voulez le voir. »

S'élançant aussitôt, sans attendre une réponse, elle sortit. Deux minutes après elle rentrait, courait jeter ses bras autour du cou de son père, lui disait tout bas ces seuls mots :

« A trois heures! »

Et elle l'embrassait avec amour.

Et Jean, pour toute réponse, attirait sa fille à lui, et la pressait sur son cœur de toutes ses forces, suffoqué d'émotion.

Le soir, lorsque se dit la prière en commun, Jean y assista plus recueilli que de coutume. Dès qu'elle fut finie, il demanda l'*Imitation de Jésus-Christ* pour faire sa pénitence.

Le lendemain, au point du jour, l'enclume résonna dans la boutique du forgeron. Du cabaret il n'en fallait plus parler. Quant à Susanne, elle était entourée de prévenances et de soins.

Le dimanche d'après, Marguerite, en robe blanche et voilée, s'avançait pour la première fois vers la table sainte. Sa mère était à sa gauche, son père à sa droite. Tous trois reçurent le même Dieu avec un recueillement exemplaire. Mais sur la figure de Marguerite rayonnait un bonheur qu'on ne saurait peindre : c'était le bonheur d'une sainte.

Je ne vous dirai pas, mes petits amis, ce que devint l'intérieur du forgeron après ce grand acte. Le père, la mère, l'enfant, étaient désormais confondus dans une même pensée, la pensée de Dieu, et tout y respirait les plus purs, les plus doux sentiments religieux.

Quant à Marguerite, sa vie était une perpétuelle action de grâce. Elle était si heureuse d'avoir, avec l'aide du bon Dieu, mené à fin la mission qu'elle s'était imposée! elle était si heureuse de voir qu'il n'y avait plus autour d'elle qu'un cœur et qu'une âme!

Cependant, quelle que fût maintenant l'exactitude de Jean à expédier le travail qu'on lui commandait, il n'en venait pas suffisamment pour remplir sa journée. Le bonhomme en était un peu triste quelquefois; mais il offrait cela en expiation de ses fautes. Quant à remplir ses loisirs par la pêche, il s'en gardait bien. Il se souvenait trop où cela l'avait conduit. Moins encore cherchait-il à se distraire au cabaret. Que faire pourtant des heures inoccupées?

Jean devenu un homme religieux montra plus d'intelligence et de cœur que Jean dédaigneux de la prière et de l'église. Un jour, il échangeait quelques paroles avec un de ses voisins qui bêchait sa vigne, et le voisin se plaignait fort de n'avoir pu trouver personne pour l'aider à ce travail qui pressait. Jean ne répond pas. Il rentre chez lui, prend une pioche, et, se joignant à son voisin, il l'aide à bêcher.

« Que faites-vous donc là? dit le voisin tout étonné.

— Je n'ai pas de travail, et mon temps peut vous être utile; je vous le donne, mon voisin. »

Qui fut content, ce fut le voisin. Jean était vigoureux, et il y mettait de la bonne volonté; dans un tour de main, des rangs de vignes tout entiers se trouvaient finis comme par enchantement. Le soir, la besogne était terminée.

« Ah bien! mon brave Jean, dit le voisin, vous m'avez rendu un fameux service. Je ne suis plus jeune, et je n'en serais pas venu à bout en quatre jours. »

Et se rapprochant du forgeron :

« Je vais vous payer votre temps, dit-il; combien vous dois-je, mon brave?

— Combien vous me devez! fit Jean. Mais, mon voisin, vous ne m'aviez pas retenu pour votre travail.

— Ça ne fait rien; vous avez travaillé, et tout travail mérite salaire.

— Ne parlons pas de cela, voisin, je suis heureux de vous avoir été utile.

— Mais encore, mon brave, poursuivit le voisin, on ne donne pas son temps pour le roi de Prusse.

— Laissons cela, vous dis-je. Lorsque j'aurai besoin de bêcher ma vigne, vous viendrez m'aider, ajouta Jean.

— Mais vous n'en avez pas, farceur.

— J'en aurai peut-être l'an prochain, fit le forgeron en souriant.

— Allons, allons! vous êtes un farceur; mais vous m'avez rendu un fameux service, en vérité. »

Et le voisin, prenant Jean par le collet de sa blouse :

« Par exemple, vous allez venir avec moi.

— Où donc?

— Où donc! Nous allons prendre un verre de vin ensemble, chez le père Jolibois, parbleu!

— Oh! pour ça, non! fit Jean d'un accent déterminé.

— Mais ça ne se refuse pas, morgué, vous allez venir avec moi, quoi donc! »

Et le bonhomme cherchait à entraîner Jean.

« Voisin, je bêcherai votre vigne tant qu'il y aura à bêcher, pourvu que j'aie le temps, s'écria le forgeron. Quant à aller au cabaret, c'est une autre affaire.

— Ah! mais c'est vrai, le père Jolibois vous a fait des sottises. Nous irons chez un autre, quoi!

— Je n'en veux point au père Jolibois, fit Jean; ce n'est pas lui qui m'a fait venir dans son cabaret pour boire et jouer. J'aurais dû savoir me conduire; j'étais assez grand pour cela.

— Eh bien! si vous ne lui en voulez pas,

à ce bonhomme, entrons tout de suite chez lui !

— Non, non, ni chez le père Jolibois, ni chez un autre. Plus de cabaret, mon voisin, je sais trop combien en vaut l'aune. »

Le voisin n'insista plus. Seulement le soir, le lendemain, le surlendemain, il ne rencontrait pas un seul paysan qu'il n'entrât en conversation avec lui, tout exprès pour lui conter comment avait été bêchée sa vigne. Puis il insistait sur ce point, que Jean n'avait pas même voulu accepter un verre de vin, et il ajoutait :

« Comme la première communion de sa petite Marguerite l'a changé, tout de même ! »

Le service que Jean avait rendu à son voisin, il le rendit à d'autres, peut-être pas en bêchant leur vigne, mais en les aidant dans des besognes pressées, et leur consacrant le temps qu'il ne pouvait, faute de travail, employer à sa boutique. Dans un petit endroit, ces choses-là sont vites connues, et chacun admirait la transformation de Jean.

« Quel dommage, disait-on aussi, qu'un si bon travailleur se soit détourné et qu'il ait perdu ses pratiques ! »

Quant à Marguerite, elle n'était jamais plus heureuse que lorsqu'elle voyait son père se rendre utile ainsi. Elle l'en remerciait avec une effusion et des caresses infinies. Mais elle remerciait surtout le bon Dieu, qui était l'auteur de tout cela.

Le résultat matériel, — car il y a en toutes choses un résultat matériel, — le résultat matériel de la conduite de Jean, ce fut de lui ramener bien des pratiques. Seulement on ne voulait pas être injuste envers le nouveau forgeron, qui satisfaisait tout le monde, et les travaux que l'on confiait à Jean étaient uniquement ceux que son concurrent n'aurait pu faire. Or cela suffisait à peine à faire marcher sa maison.

L'idée vint alors à Bras-de-Fer, le nouveau forgeron, homme d'ordre, d'économie, et fort bon, car il était religieux, de s'associer Jean dans son établissement. A eux deux, quelle besogne n'auraient-ils pas pu faire! de quelle entreprise n'auraient-ils pas pu se charger! Jean, sur lequel Guillaume Bras-de-Fer savait qu'il pouvait compter maintenant, aurait trouvé à se relever dans cette association, et Guillaume eût doublé ses affaires. Il en avait parlé à diverses personnes, qui toutes l'avaient approuvé, et il allait en parler à Jean lui-même, lorsqu'une circonstance particulière vint faire au père de Marguerite une autre position.

Il y avait six mois environ que la petite Marguerite avait fait sa première communion, et le même temps, par conséquent, que Jean était revenu à Dieu, lorsqu'un jour une voiture s'arrêta dans une auberge à l'autre bout du village. Deux personnes en descendirent : un monsieur, aux manières distinguées, et qui pouvait bien avoir cinquante ans; une jeune demoiselle d'une quinzaine d'années, fort jolie, mais dont les traits surtout respiraient la bonté, autant que les yeux laissaient voir d'intelligence. Évidemment c'étaient le père et la fille; car le monsieur avait le même type de figure que la jeune personne, et la même expression de bonté.

Le monsieur donna quelques ordres à ses domestiques, pendant que la demoiselle secouait un peu sa robe et rajustait sa toilette; puis, après avoir demandé certains renseignements à l'aubergiste, père et fille s'acheminèrent vers la demeure du curé. Le monsieur venait s'enquérir auprès du pasteur de ce qu'étaient Jean, sa femme et sa fille. C'étaient des renseignements sérieux qu'il désirait, et il en dit les motifs, en faisant connaître et son nom et ses projets. Le curé conta toute l'histoire de Jean; il le fallait bien, c'était une affaire de conscience; mais il insista sur la transformation qui s'était opérée en lui, et dont il donnait chaque jour des gages plus certains. Quant à Susanne et à Marguerite, à Marguerite surtout, le bon curé en fit un éloge que nous pouvons nous imaginer d'après ce que nous savons de cette sainte enfant et de sa mère.

Le monsieur écouta tout avec attention, et fit questions sur questions au bon curé. La demoiselle, de son côté, se fit redire ce qui regardait Marguerite, et ne tarissait pas de témoignages d'admiration. Enfin le monsieur se leva :

« Je suis heureux de ce que vous me dites, monsieur le curé. Je vois que je peux sans crainte donner suite à mes projets.

— Oh ! sans crainte aucune, Monsieur, » fit le curé.

Le monsieur glissa quelque chose dans la main du bon curé pour ses pauvres, le remercia, et prit, avec sa fille, congé de lui.

Quelques minutes après, tout était en émoi dans la maison de Jean. Le monsieur et la jeune personne venaient d'y entrer. Le monsieur, en franchissant le seuil le premier, s'était adressé à Jean, car on allait dîner, et il était là avec toute la famille.

« Je ne viens pas cette fois vous faire réparer ma voiture, lui avait-il dit, quoique je sache bien que vous ne me feriez pas attendre à présent. Je viens vous complimenter d'avoir su rompre avec des habitudes qui vous perdaient, et vous faire une proposition qui peut-être vous agréera. »

Puis il avait ajouté en se tournant vers Marguerite :

« Et à vous, ma petite Marguerite, — je

vous appelle encore ainsi, quoique vous ayez bien grandi, — à vous, je viens présenter l'aînée de ces fillettes pour lesquelles je vous avais recommandé de prier. Je lui ai souvent parlé de vous, ma chère enfant, et lorsque j'ai dû venir ici pour affaires, elle a voulu m'accompagner afin de faire votre connaissance. »

Et, sur ce mot, la jeune personne s'était avancée vers Marguerite avec une simplicité pleine de grâces, lui avait tendu la main et l'avait embrassée en lui disant quelques paroles pleines de bon cœur.

Tout était donc en émoi. *Le monsieur*, comme disait Marguerite, *le monsieur* était revenu. On se confondait en remercîments pour le passé, en remercîments pour le présent ; on versait des larmes de joie et de reconnaissance. Le monsieur, de son côté, le marquis de Léval, disons maintenant son nom, paraissait fort content aussi. Une grande détermination venait d'être prise, après quelques rapides pourparlers. Elle satisfaisait tout le monde.

« Et vous, ma petite Marguerite, dit le marquis, êtes-vous contente?

— Oh! bien contente, vous êtes la providence du bon Dieu! »

Et l'enfant, dans sa gratitude, sut trouver une allusion délicate à ce petit rouleau qui avait été glissé dans sa poche, il y avait plus de deux ans déjà.

« Ne parlons pas de cela; ce n'est pas la peine, » dit le marquis.

Et appuyant sur sa phrase, qui reproduisait textuellement celle qu'il avait dite à Marguerite en lui donnant les petites pièces d'or :

« Avez-vous au moins acheté *une robe pour maman et une robe pour vous?*

— Oh! oui, Monsieur, fit Marguerite.

— La petite l'a voulu absolument, ajouta le forgeron. Nous étions bien gênés alors, nous avions des dettes, continua-t-il, et nous aurions peut-être négligé la recommandation de M. le marquis, pour payer quelque petit compte de plus. Mais Marguerite nous a rappelés à l'ordre. *Le monsieur l'a dit;* il n'y a pas eu à la sortir de là.

— Du reste, observa Susanne à son tour, il nous est encore resté suffisamment pour payer nos dettes les plus grosses et les plus pressées. »

Et, d'une voix émue, elle ajouta :

« Il semble que cet argent de M. le marquis se soit multiplié, et il a ramené le bonheur dans la maison.

— C'est votre petite Marguerite qui l'y a ramené, se hâta de dire le marquis de L'éval; c'est elle que le bon Dieu avait choisie pour cette belle mission. »

Marguerite baissa les yeux, toute confuse à ces paroles du marquis, et le rouge empourpra ses joues. Marie, la fille de M. de Léval, s'en aperçut, et, sans dire un mot, elle saisit les mains de la modeste enfant et l'embrassa avec effusion.

Mais Jean n'avait pu entendre cet éloge de sa fille sans se rappeler tout le passé ; les larmes étaient venues à ses yeux. M. de Léval s'en aperçut, et, sans avoir l'air d'y prendre garde, pour couper court à cette scène :

« Eh bien ! dit-il, c'est convenu ; la semaine prochaine vous serez chez moi ; j'y compte.

— Vous pouvez y compter, monsieur le marquis, » fit Jean en se remettant de son émotion.

M. de Léval allait sortir ; mais sa fille n'était plus dans la chambre. La délicate jeune personne, voyant l'embarras de Marguerite, l'avait entraînée dans le jardin sous prétexte d'y cueillir un bouquet. M. de Léval appela. Marie accourut tout aussitôt, tenant d'une main des fleurs, de l'autre la main de sa *petite amie*. C'était ainsi qu'elle désignait la fille du forgeron.

« Il faut partir, dit M. de Léval.

— Oh ! déjà ! s'écria Marie.

— Mais oui, ma fille. Nous avons promis d'être exacts au dîner de ta tante, et notre course est longue. »

Marie fit à Marguerite les adieux les plus tendres, et Marguerite y répondit par des témoignages dont la naïve et touchante expression n'excluait pas le respect. Ces deux cœurs, également purs, également intelligents, également amis de Dieu, étaient faits pour se comprendre et s'aimer, quoiqu'une certaine différence d'âge les séparât, et que leur condition fût bien différente.

« Je t'attends donc la semaine prochaine, » dit enfin Mlle de Léval, en serrant une dernière fois la main de sa petite amie.

Et grands et petits se séparèrent.

A peine cependant M. de Léval et sa fille s'étaient-ils éloignés, que dans cette même chambre où l'on avait, à deux ans de là, remercié Dieu du petit rouleau d'or donné à Marguerite, on répétait une prière d'action de grâces. Mais, cette fois, ce n'était pas seulement Marguerite et Susanne qui priaient : Jean était aussi à genoux ; c'était même lui qui, comme chef de la famille, et remplissant cette fois son véritable rôle, prononçait les paroles pieuses, auxquelles sa femme et sa fille répondaient.

Elle était fervente cette prière, elle était émue. Que s'était-il donc passé qui la motivât particulièrement? Je vais vous le dire.

Le marquis de Léval possédait un château magnifique à vingt lieues environ du village habité par Jean et sa famille. Autour de ce château s'étendaient des terres considérables, et M. de Léval y avait fondé un établissement agricole extrêmement important, une espèce de ferme-modèle, qui occupait beaucoup de monde. Là venaient de loin se former des laboureurs, des vignerons, des bergers, une foule d'autres professions de la campagne, et même des hommes d'affaires se destinant à gérer des biens pour le compte des autres.

Dans cet établissement, tout était monté sur un grand pied. On y voyait toute espèce de machines agricoles, toute espèce d'outils, les uns faits pour être dirigés à la main, d'autres pour être conduits par des bœufs ou des chevaux, d'autres enfin que des machines à vapeur mettaient en mouvement.

Toutes ces machines, tous ces outils nécessitaient de fréquentes réparations, et, pour y pourvoir, aux bâtiments agricoles était annexé un vaste atelier de forges, où quatre ou cinq ouvriers travaillaient sans cesse. Un chef d'atelier les surveillait, les dirigeait, et travaillait avec eux, s'occupant plus particulièrement des choses délicates. Ce chef d'atelier avait une grande responsabilité; il avait aussi beaucoup à faire; mais il était largement payé.

Or le chef d'atelier de M. de Léval venait de demander congé à son maître, et M. de Léval avait songé à Jean pour le remplacer. C'était là ce qui avait motivé le voyage du marquis, sa visite au bon curé, et enfin sa venue dans la maison du forgeron.

Les choses s'étaient vite arrangées. Jean devait avoir deux mille francs par an d'appointements; plus, son logement, son chauffage, et tout ce qu'il lui faudrait en fait de légumes, de fruits ou de vin, pour l'entretien de son ménage. Susanne serait libre de travailler tous les jours au château comme couturière, ou de prendre dans l'exploitation agricole telle occupation qui lui conviendrait. Quant à Marguerite, si jeune encore, M. de Léval s'en chargeait, non pour l'enlever à son père et à sa mère, dont elle était la joie et la consolation, mais pour la faire instruire conformément à son état, et l'établir quand le moment serait venu.

C'était une fortune que Dieu envoyait au forgeron et à sa famille, et il y avait certes de de quoi le remercier.

On se dépêcha de tout emballer dans la maison de Jean, ce qui ne fut pas très-long, presque tout ayant été saisi et vendu. On s'occupa de louer la maison et le jardin qu'on allait quitter, et on en vint à bout providentiellement. Enfin, on paya tous les petits comptes, toutes les petites dettes qu'on avait, grâce à une avance assez ronde que le marquis de Léval avait laissée à Jean, et pour cela et pour le voyage.

La semaine se trouva plus qu'à moitié écoulée lorsque tout fut fini. On songea alors aux visites d'adieu. Elles auraient pu se borner à un petit nombre. Cependant, comme, dès que le changement de fortune de Jean avait été connu, on était venu de toutes parts le féliciter, il ne voulut pas rester en arrière, et alla voir tout le monde, excepté le père Jolibois, le cabaretier, non parce que cet homme l'avait fait saisir, mais parce qu'il redoutait encore son cabaret.

Jean n'oublia pas surtout d'aller remercier Guillaume Bras-de-Fer. Les intentions de ce brave homme lui étaient connues, et si Jean n'eût pas été engagé par le marquis de Léval, il se fût trouvé heureux de s'associer avec Guillaume.

Quant au bon curé, Jean, Susanne et Marguerite étaient allés, peu après la sortie du marquis, lui apprendre ce qui venait de se conclure. Lorsque le moment de leur départ fut proche, tous trois y retournèrent. Ce furent des adieux touchants. On pleurait de part et d'autre. Marguerite surtout fondait en larmes. Quitter ce bon curé qui l'avait dirigée si saintement et qui lui avait fait faire sa première communion, c'était là une pensée qui déchirait son cœur. Mais si les larmes coulaient de ses yeux, elle savait offrir à Dieu ce premier sacrifice qui lui coûtait tant : elle était résignée.

L'excellent pasteur leur fit ses dernières exhortations, ses dernières recommandations à tous ; puis il les bénit, et l'on se sépara.

Quelques instants après, Jean et sa famille étaient en route, dans un char à bancs qui avait été envoyé du château de Léval, et le lendemain au soir ils arrivaient à leur destination.

Je ne vous conterai pas, mes petits amis, comment se fit l'installation des nouveaux venus, ni tout ce qu'il leur arriva de particulier à Léval. Ces détails, en supposant qu'ils eussent un certain intérêt, ne nous présenteraient pas d'utiles enseignements. Je me contenterai de vous dire que, loin d'éprouver aucune déception dans leur position nouvelle, Jean, Susanne et Marguerite trouvèrent les choses mieux encore qu'ils ne se l'étaient imaginé.

Chez le marquis de Léval, possesseur d'une immense fortune, tout se passait grandement, et chacun avait de quoi être heureux, selon son emploi et sa capacité. On sentait partout, dans cette maison, que le maître était excellent chrétien et charitable par tempérament. Cependant l'ordre le plus parfait ne cessait d'y régner, et, avec l'ordre, l'économie, qui en est la première conséquence. Oui, mes petits amis, l'économie, qui est tout aussi nécessaire aux grandes fortunes qu'aux petites, quoiqu'elle ne s'y pratique pas tout à fait de la même manière et dans les mêmes proportions; l'économie, qui consiste à ne pas faire de dépenses inutiles, de dépenses, surtout, disproportionnées avec sa fortune. Elle régnait sévèrement chez le marquis de Léval.

Aussi trouvait-il, sans se ruiner, de quoi se montrer généreux envers tous ceux qui le méritaient, et de quoi venir en aide aussi à toutes les infortunes. C'est beau cela ! surtout lorsque c'est pour Dieu, et non par un sentiment de vanité qu'on le pratique !

Jean, en arrivant à Léval, s'était installé dans les ateliers de forge, cela va sans dire.

Susanne avait d'abord commencé par travailler au château comme couturière. Mais bientôt M. de Léval, veuf depuis quelques années d'une femme qui avait été un ange, M. de Léval chargea Susanne de la surveillance, de la direction même de l'intérieur du ménage, en lui donnant la haute main sur tous les domestiques. Ce sont des positions difficiles à tenir, et l'on s'y fait facilement détester de tout le monde, lorsqu'on veut remplir exactement son devoir. Susanne, sans y manquer jamais, sut être toujours si juste et si bonne, qu'elle se fit aimer, au contraire. Le marquis l'avait bien jugée. Il ne pouvait pas mieux placer sa confiance.

Quant à Marguerite, M. de Léval avait voulu qu'elle suivît les classes qu'une institutrice de grand mérite, logée dans le château, faisait à ses trois fillettes; car il en avait trois, dont Marie, que nous connaissons, était l'aînée, et dont la dernière, ayant un peu moins d'âge que Marguerite, n'avait pas fait sa première communion.

Notre chère enfant continuait à être là un modèle de piété et de régularité. Les fillettes de M. de Léval l'aimaient comme une sœur. Marie surtout, plus âgée, et d'une intelligence plus développée peut-être, s'en était fait une amie sérieuse : mieux que cela, elle l'avait prise pour modèle, et réglait toute sa conduite sur celle de Marguerite. Cela n'avait échappé à personne; moins encore à M. de Léval, qui bénissait Dieu de voir sa fille grandir chaque jour davantage en vertus, sans rien perdre, et au contraire, de la supériorité de son intelligence.

Car, mes petits amis, plus on se rapproche de Dieu, qui est l'intelligence suprême, plus grandit en nous et s'épure la lumière de notre esprit et celle de notre âme. Une grande intelligence, une intelligence hors ligne même, qui ne connaît pas son Dieu, est toujours incomplète. Il est des choses élevées, des choses admirables, qu'elle ne comprend pas; il est des sentiments nobles, délicats ou d'une suavité délicieuse, qu'elle n'est pas seulement capable de soupçonner. J'en ai vu de ces intelligences d'élite, mes petits amis, j'en ai vu qui vivaient ainsi diminuées, amoindries. C'étaient des harpes auxquelles manquaient une foule de cordes, et non pas les moins sonores. L'orgueil, pourtant, qui s'était emparé d'elles, comme il s'empare de presque tous ceux qui n'ont pas de Dieu, leur faisait croire qu'elles étaient plus grandes que les autres, et qu'elles vibraient plus juste. C'était bien triste, allez !

Marie et Marguerite ne donnaient pas un tel spectacle. La modestie la plus parfaite réglait tous les mouvements de leur âme. Leur esprit, détaché de lui-même, n'en était que plus éclairé et plus sûr. Ne se retrempait-il pas sans cesse, d'ailleurs, à la source de toute vérité !

Mais ce n'était pas seulement un modèle que Marie de Léval s'était fait de Marguerite; elle s'en était fait aussi une confidente et une conseillère. Il ne lui arrivait rien qu'elle ne vînt le verser dans le cœur de son amie ; elle n'agissait jamais, dans les grandes comme dans les petites choses, sans prendre son avis. Marguerite, du reste, faisait de même, et ces deux cœurs, comme ces deux esprits, n'en faisaient qu'un devant Dieu.

Tout cela vous montre, mes petits amis, que, dans la famille de Jean, chacun, avec des positions différentes, était bien placé à Léval. Le soir, Jean, Susanne et Marguerite se retrouvaient invariablement ensemble pour le souper, dans leur logement particulier, comme ils s'y étaient trouvés pour le déjeuner. Seulement, libre alors de toute préoccupation de travail, on causait cœur à cœur, et l'on goûtait les douceurs de la famille en toute liberté. M. de Léval, qui comprenait combien ces joies de la famille soutiennent le travailleur, n'avait pas voulu que ni Susanne ni Marguerite logeassent au château, quoiqu'elles y fussent occupées toute la journée. Elles auraient obéi avec regret, et par pure reconnaissance, si M. de Léval l'avait absolument exigé. Mais M. de Léval, je le répète, n'avait jamais pensé qu'il en dût être ainsi.

Rien ne manquait donc au bonheur du forgeron et de sa famille, et Dieu les récompensait généreusement de s'être donnés à lui. Cela ne devait pas durer toujours cependant. Le bonheur n'est pas fait pour ce monde, et si

Dieu, en l'envoyant, a des vues pleines de bonté, il n'en a pas de moins miséricordieuses lorsqu'il envoie les chagrins à ceux qui le servent.

Il est bien rare d'ailleurs, quand on est revenu à Dieu après l'avoir fui et méprisé longtemps, qu'on n'ait pas un large tribut à payer aux douleurs. Il semble que Dieu veuille, en le permettant ainsi, éprouver la fidélité de son nouveau serviteur, et lui fournir en même temps l'occasion d'expier ses fautes passées. Que s'il y a autour du pécheur quelque juste lié à son existence, et qui n'ait peut-être pas mérité de tant souffrir, l'épreuve devient pour lui la route de la sainteté. Car Dieu, mes petits amis, n'est pas comme les hommes, qui ont bien assez de peine à atteindre un seul but dans leurs actions. Dieu envoie les événements, et des milliers de conséquences les suivent, allant, pour ainsi parler, à des adresses diverses : châtiant rudement le pécheur endurci, par exemple, fournissant un moyen de pure expiation au pécheur repentant, et sanctifiant les justes.

Le moment était venu pour Jean et sa famille de subir l'épreuve. Elle fut terrible et telle que Jean en eût été renversé, si Dieu, qui n'impose jamais plus qu'on ne peut souffrir, n'eût attendu pour l'envoyer l'affermissement complet du nouveau converti. Oui, elle fut terrible pour Jean, cette épreuve. Mais elle ne le fut pas moins pour Susanne, qui en serait morte, si elle n'eût été vraiment chrétienne. Ce qu'elle fut pour Marguerite, mes petits amis, vous allez le voir et bénir les secrets desseins de Dieu.

Or il y avait quatre ans déjà que Jean et sa famille étaient établis à Léval. Marguerite allait avoir quatorze ans. Ce n'était plus la petite enfant que nous avons vue jeter du revers de la main les cartes de son père au milieu de la chambre, ni même celle que nous avons aperçue, plus tard, vaquant au soin du ménage avec un zèle bien au-dessus de son âge. Non; c'était une jeune fille douce, bonne, souriante toujours; mais grave, réfléchie, et qui ne le cédait à nulle autre ni pour l'instruction, ni pour l'adresse dans les ouvrages de main.

Compagne inséparable de Mlle Marie de Léval, qui avait maintenant dix-neuf ans, et en qui semblait se personnifier toutes les qualités, bonté, beauté, intelligence, esprit, elle était son bras droit dans les œuvres de charité et le soin des pauvres. Ces pieuses occupations, que le catholicisme élève à la hauteur d'un sacerdoce, prenaient tous les loisirs de la jeune châtelaine de Léval. C'est dire qu'ils prenaient aussi tous les loisirs de Marguerite. Les deux amies y consacraient même plus que leurs loisirs, et souvent on les voyait passer une grande partie des nuits à coudre des habits dont les malheureux avaient un pressant besoin, ou à réparer leurs vieilles guenilles.

Mlle de Léval, plus âgée et d'un tempérament très-robuste, ne se ressentait guère de ces petits excès. Marguerite, au contraire, plus jeune, et dans cet âge où le corps, prêt à prendre sa dernière croissance, est plus accessible à la fatigue, Marguerite en était souvent très-éprouvée. Mais c'était pour Dieu qu'elle travaillait en travaillant pour les pauvres; elle le faisait d'ailleurs avec tant de bonheur, se souvenant de sa misère d'autrefois, qu'elle se fût bien gardée de se plaindre.

Sur ces entrefaites, un accident presque subit vint forcer la jeune compagne de Mlle de Léval à modérer son zèle. Elle fut prise d'une fièvre assez tenace, à laquelle on ne pouvait assigner de cause appréciable. Après quelques jours, le médecin du château, homme expérimenté, finit pourtant par reconnaître dans cette fièvre une simple fièvre de croissance, et, tout en prodiguant à la jeune malade les soins que prescrivait la prudence, on bannit la première inquiétude.

Bientôt, en effet, aux robes de Marguerite, qui était restée d'une taille fort modeste jusque-là, on s'aperçut qu'elle grandissait, puis, qu'elle grandissait encore; mais ce fut dans de telles proportions, et si vite, qu'au bout de deux mois elle se trouvait plus grande que sa mère de presque toute la tête.

Cependant, comme il arrive presque toujours en pareil cas, la jeune fille n'avait pas grossi en proportion de sa taille. Ses membres grêles, son corps étiolé, faisaient peine à voir. Sa figure, si fraîche auparavant, avait aussi perdu ses couleurs et pris une expression de souffrance. Les yeux seuls semblaient plus vifs que jamais. Ils avaient même parfois quelque chose de flamboyant, comme si l'âme qu'ils reflétaient eût pris plus de fermeté depuis que souffrait son enveloppe débile.

Et, avec cela, une petite toux que rien ne pouvait arrêter s'était emparée de Marguerite.

Hélas! il était clair pour tout le monde que Marguerite, que la douce et pieuse Marguerite était bien malade, et qu'un miracle seul pouvait la sauver.

Je ne veux pas trop vous attrister mes petits amis, en vous montrant la douleur de Jean et celle de Susanne. Elle ne se manifestait ni par des plaintes ni par des larmes désordonnées. L'un et l'autre l'avaient, dès le premier instant, déposée dans le cœur de Dieu, et ils continuaient de la sanctifier par la résignation. Mais qu'elle était profonde, qu'elle était immense cette douleur! Et comme chaque jour, en montrant le mal plus irrémédiable, y apportait un nouveau surcroît!

Une autre douleur se montrait égale à celle de Jean et de Susanne, et non moins résignée :

c'était celle de Mlle Marie de Léval. Elle avait perdu sa mère trop jeune pour avoir pu apprécier ce que coûtent de pareilles séparations. Aujourd'hui, liée par la plus vive, par la plus pure amitié à un ange de perfection et de sainteté, elle commençait à mesurer toute l'étendue du sacrifice que Dieu lui demandait, et elle avait besoin de toute sa piété pour se préparer à ce coup terrible.

Quant aux autres personnes, à des degrés divers, il n'en était pas une qui ne regrettât vivement la pauvre Marguerite, et M. de Léval n'était pas, à coup sûr, le dernier; car il tenait à cette enfant comme à une fille.

Marguerite, cependant, avait compris tout de suite son état. Son père, sa mère, son amie, l'avaient d'abord préoccupée; car elle se représentait la peine qu'ils éprouveraient de sa mort. Mais d'un autre côté, si Dieu l'appelait, quel bonheur! Sa mission ici-bas n'était-elle pas remplie? Elle avait ramené son père, avec l'aide de Dieu. Désormais elle laisserait sur le chemin du ciel tous ceux qu'elle aimait sur la terre. Ne fallait-il pas que quelqu'un passât le premier? C'était elle. Au ciel, elle prierait efficacement pour ceux qui restaient en exil. Un jour, ils viendraient la rejoindre, et il n'y aurait plus de séparation pour ceux que la mort avait un instant séparés.

Telles étaient les pensées qui remplissaient le cœur de Marguerite, pendant que son âme, s'épurant à chaque instant davantage, ne vivait plus que de l'espérance du jour éternel. Du reste, sans les dévoiler entièrement à ses parents ou à son amie, jamais elle ne disait un mot qui pût leur faire supposer qu'elle croyait vivre, et toutes les consolations qu'elle leur donnait tendaient à affermir leur résignation, en même temps que leur confiance dans l'union céleste qui doit compenser mille millions de fois toutes les douleurs.

On était déjà en plein été, et le mal de la pauvre Marguerite empirait toujours. Lorsque apparurent les premiers jours de septembre, le mal devint plus aigu. Bientôt ses progrès furent effrayants. Tout faisait présager que cette triste époque de la chute des feuilles, qui emporte tant de jeunes personnes atteintes de la poitrine, ne pardonnerait pas à la malade. Elle se mit au lit, en effet, et ne le quitta plus.

Vous dire tout ce qui passa autour de ce chevet où veillaient la religion, l'amour d'un père et d'une mère, et les tendres soins d'une amie, me serait impossible. Il y eut là des actes de piété, des témoignages de tendresse, des héroïsmes indescriptibles.

Quant à la malade, le sourire ne la quittait plus. Comme elle avait attendu les noces de la table sainte, auxquelles elle avait convié son père, elle attendait les noces du ciel, et y conviait tous ceux qu'elle aimait. On ne parlait plus des espérances de la terre autour d'elle. Personne ne cherchait ni à se tromper, ni à la tromper. Tous regardaient la situation en face, et ils étaient si bien affermis en Dieu, grâce aux douces et saintes exhortations de la malade, qu'on eût pu croire la mort sans aiguillon pour le cœur de ceux qui allaient rester.

Ainsi arrivèrent les derniers jours d'octobre. Les feuilles tombaient. Les rafales du vent d'automne les balayaient au loin, et la température plus froide faisait, malgré toutes les précautions, sentir son influence sur la pauvre agonisante. Son esprit, cependant, conservait toute sa lucidité, son âme toute sa foi, son cœur toute sa tendresse pour ceux qu'elle allait quitter, toutes ses aspirations vers le ciel.

Un matin, — c'était un samedi, — elle se sentit plus faible encore que de coutume; elle fit venir son père, sa mère et son amie.

« Je crois, leur dit-elle en souriant, que ce jour va être le dernier. C'est le jour de la sainte Vierge ; elle se l'est réservé pour me présenter à son divin fils. »

Elle demanda ensuite qu'on fît venir son confesseur, et qu'on préparât tout pour qu'elle reçut une dernière fois le bon Dieu.

Ses vœux furent remplis. Après une communion où rien ne semblait déjà plus de la terre, elle consola et encouragea ceux qui l'entouraient. Puis, entendant sonner le premier coup de l'Angelus :

« Adieu! » dit-elle en jetant un regard expressif sur ceux qu'elle aimait, et leur montrant le ciel.

Et tout aussitôt, d'une voix qui s'éteignait :

« Disons l'Angelus! »

Jean, Susanne et Mlle de Léval le récitèrent tout haut.

Les lèvres de la mourante s'agitèrent aussi d'un mouvement imperceptible. Avec le dernier son de la cloche elles s'arrêtèrent.

Un ange de plus était au ciel!...

Ne me demandez pas, mes chers petits amis, ce que devinrent Jean et Susanne après ce coup terrible. Ils étaient chrétiens; ils trouvèrent la force de vivre résignés, en se préparant chaque jour plus ardemment pour le céleste rendez-vous que Marguerite leur avait donné.

Quant à Mlle de Léval, après avoir rendu les derniers devoirs à son amie avec une piété exemplaire, elle rentra au château.

Le lendemain, elle allait trouver son père :

« Votre fille a une demande à vous faire, » lui disait-elle.

M. de Léval la regardait en pâlissant. Il pressentait, à la contenance de sa fille, que l'heure des sacrifices avait aussi sonné pour lui.

« Permettez-moi, continuait Mlle de Léval, permettez-moi d'entrer chez les sœurs de Charité. »

Une larme jaillit des yeux du père ; mais le chrétien prit le dessus :

« Que la volonté de Dieu soit faite, » dit-il.

Et la digne amie de Marguerite, Mlle Marie de Léval, se fit sœur de Charité.

FIN

7251. — Tours, impr. Mame.